VENTE AUX ENCHÈRES PUBLIQUES
HOTEL DROUOT, SALLE N° 1
Les Mercredi 3 et Jeudi 4 Février 1909
à deux heures

EXPOSITION PUBLIQUE
Le Mardi 2 Février 1909
De 1 heure 1/2 à 5 heures 1/2

MEUBLES ET OBJETS D'ART

ANCIENS ET MODERNES

TABLEAUX, GOUACHES, DESSINS, GRAVURES

Bronzes d'Art d'Ameublement et de Meubles

PENDULES, LUSTRES

PORCELAINES ET FAIENCES ANCIENNES

Objets divers, Miniatures, Boîtes et Montres en or

Tapisseries et Sièges couverts de tapisserie ancienne

TAPIS D'ORIENT ANCIENS

ÉTOFFES BRODÉES ANCIENNES

COMMISSAIRE-PRISEUR
Me ANDRÉ COUTURIER
Successeur de M. LÉON TUAL
56, rue de la Victoire

EXPERTS
MM. PAULME & B. LASQUIN Fils
10, rue Chauchat | 12, rue Laffitte
PARIS

CATALOGUE

DES

Meubles & Objets d'Art

ANCIENS ET MODERNES

TABLEAUX, GOUACHES, DESSINS, GRAVURES

Par ou attribués à

N. BERGHEM, DESRIVIÈRES, A. FLAMENG, GUERCHIN, LABILLE-GUYARD,
X. LEPRINCE, LESAINT, MARIOTON, PERNET,
A. REY, J. ROUGIER, VALLAYER-COSTER, VAN CORP, J. VERNET,
et des Écoles Française et Italienne

Porcelaines et Faïences Anciennes

DE LA CHINE, INDES, JAPON, PARIS, SÈVRES, MENNECY, CHANTILLY, ST-CLOUD, SAXE

Delft, Rouen, Moustiers, Marseille

MINIATURES, ÉVENTAILS, MONTRES et BOITES en or, DENTELLES

OBJETS DIVERS — BOIS SCULPTÉS — CUIVRES — VERRERIE — ARMES

Bronzes d'Art et d'Ameublement

PENDULES, LUSTRES, NOMBREUX BRONZES DE MEUBLES DES XVIᵉ, XVIIᵉ ET XVIIIᵉ SIÈCLES

Sièges couverts de Tapisserie au point ancienne

TAPISSERIES ANCIENNES DES FLANDRES ET D'AUBUSSON

TAPIS ANCIENS D'ORIENT

BRODERIES — ÉTOFFES ANCIENNES

Dont la vente aux enchères publiques aura lieu

HOTEL DROUOT, SALLE Nᵒ 1

Les Mercredi 3 et Jeudi 4 Février 1909, à 2 heures

<table>
<tr><td>COMMISSAIRE-PRISEUR</td><td>EXPERTS</td></tr>
<tr><td>Mᵉ ANDRÉ COUTURIER
Successeur de M. Léon TUAL
56, rue de la Victoire, 56</td><td>MM. PAULME & B. LASQUIN Fils
10, rue Chauchat | 12, rue Laffitte</td></tr>
</table>

PARIS

Chez lesquels se distribue le présent Catalogue

EXPOSITION PUBLIQUE

Le Mardi 2 Février 1909, Salle nᵒ 1, de 1 h. 1/2 à 5 h. 1/2

CONDITIONS DE LA VENTE

La vente sera faite au comptant.

Les acquéreurs paieront *dix pour cent* en sus des enchères.

L'exposition mettant le public à même de se rendre compte de l'état et de la nature des objets, aucune réclamation ne sera admise une fois l'adjudication prononcée.

Paris. — Imprimerie de l'Art, CH. BERGER, 41, rue de la Victoire.

DÉSIGNATION

TABLEAUX

GOUACHES, DESSINS, GRAVURES

ANCIENS ET MODERNES

BERGHEM (N.)

1 — *Paysan sur un âne.*
   Dessin au lavis. Signé.

DESRIVIÈRES

2 — *Paysage : Jeune Femme conduisant une vache
sur un chemin.*

FLAMENG (Auguste)

3 — *Marine.*
   Panneau.

GUERCHIN (Attribué à)

4 — *La Mort du Christ.*
   Dessin à la plume et sépia.

JACQUES (Genre de Ch.)

5 — *Le Dresseur d'ours ambulant.*

Toile. Haut. 46 cent. ; long.. 38 cent.

LABILLE-GUYARD (Attribué à Mme)

6 — *Portrait de Femme en corsage jaune.*
Toile ovale.

LEPRINCE (Xavier)

7 — *Petit portrait d'Homme.*

Dessin ovale à la sépia. Signé, daté : 1824.

LESAINT

8 — *Moine dans les ruines d'une église.*
Toile signée.

MARIOTON

9 — *Amours.*
Petite esquisse à l'huile sur carton.

PERNET

10 — *Vue d'un palais en ruines, avec terrasse et personnages.*
Petit dessin rond à la plume et aquarellé.

REY (Aug.)

11 .— *Chaumière et donjon au bord d'un lac.*
Aquarelle.

ROUGIER (Mlle J.)

12 — *Lisière de forêt à Barbizon.*
Pastel.

RUBENS (Genre de)

13 — *Suzanne surprise par les vieillards.*
Toile. Haut., 25 cent. ; larg., 35 cent.

VALLAYER (Attribué à COSTER)

14 — *Vase de fleurs avec perroquet.*
Toile.

VAN GORP

15 — *Portrait de Femme coiffée d'un bonnet.*
Toile.
(*Salon de 1806.*)

VAN FALENS

15 bis — *Cavaliers au rendez-vous de chasse.*

VERNET (JOSEPH)

16 — *Paysage maritime avec pêcheurs.*
Dessin au crayon noir et lavis. Signé.

ÉCOLE FRANÇAISE (XVIIIe siècle)

17 — *Petit paysage avec personnages.*
Panneau.

ÉCOLE FRANÇAISE (XVIIIe siècle)

18 — *Marine, frégates et barques dans une baie.*
Dessin à la sépia.

ÉCOLE FRANÇAISE (XVIIIe siècle)

19 — *Porte d'une ville, avec cavaliers.*

Dessin au lavis.

20 — *Paysage maritime avec ruines, pêcheurs au premier plan.*

Dessin au crayon et au fusain.

ÉCOLE FRANÇAISE

21 — *Paysages avec berger et bergère, et ruines gothiques.*

Deux dessins au crayon et lavis.

22 — *Paysage avec maison et personnages.*

Aquarelle.

23 — *Jeune Femme et Amour dans un parc.*

Aquarelle gouachée.

24 — *Scène d'intérieur : Jeune Femme à sa toilette.*

Aquarelle gouachée.

25 — *Paysage animé de personnages dansant.*

Petite gouache ovale.

26 — *Vue d'un parc avec lacs, carrosses et nombreux personnages.*

Gouache ovale.

27 — *Paysages montagneux avec rivières et montgolfières dans les airs ; nombreux personnages aux premiers plans.*

Deux petites gouaches faisant pendants.
Cadre Louis XVI en bois sculpté doré.

ÉCOLE FRANÇAISE

28 — *Parc avec château et lac, animé de person-*
nages.

Petite gouache de forme ronde.

ÉCOLE ITALIENNE (xviiiᵉ siècle)

29 — *Sujet religieux.*

Petite peinture sur cuivre.

ÉCOLE ITALIENNE

30 — *Scène d'histoire ancienne.*

Dessin à la plume et sépia.

31 — *La Chronologie ecclésiastique et pontificale.*

Représentée par des personnages avec inscriptions.
Deux dessins au crayon noir et lavis.

ÉCOLE HOLLANDAISE

32 bis — *Intérieur de cuisine.*

Toile.

32 — *La Scène.*

Petite peinture sur cuivre.

33 — *Le Miracle de Saint-Hubert.*

Gravure ancienne, par ALBERT DURER.

34 — *Quatre Portraits de la Famille de Mazarin et*
de La Tour d'Auvergne.

Gravures noires, d'après NANTEUIL et VALECK.

35 — *Portrait de Henri IV.*

> Gravure, d'après Rubens, de forme ovale, imprimée en couleur, par JANINET.
> Belle épreuve avec grande marge.

36 — *Chasse à courre.*

> Deux gravures anglaises en couleurs.

37 — *Chasse à courre aux cerfs et aux lièvres avec lévriers.*

> Trois gravures anglaises en couleurs.

38 — *Course à Epsom.*

> Deux gravures anglaises en couleurs.

39 — *Le Fils ingrat et le Pardon du braconnier.*

> Deux gravures imprimées en noir, d'après BENAZECH et GREUZE.

40 — *The Etopement et Dressing for the Masquerade.*

> Deux petites gravures anciennes imprimées en noir.

41 — *La Partie carrée.*

> Gravure en couleur.

42 — *L'Art d'aimer.*

> Gravure noire.
> Épreuve avant la lettre.

43 — *La Promenade du matin.*

> Gravure en couleurs, par MOREL, d'après DEMARNE.

44 — Carton contenant vingt pièces : dessins et gravures.

PORCELAINES DE CHINE & PERSE

ANCIENNES ET MODERNES

45 — Statuette de Divinité chinoise couchée en ancienne porcelaine de Chine, décor en couleurs.

46 — Deux statuettes de femme en ancienne porcelaine blanche de Chine.

47 — Soucoupe en ancienne porcelaine mince de Chine, décorée en émaux de couleurs.

48 — Paire de petites assiettes, de forme octogonale en ancienne porcelaine de Chine décorée en émaux de couleurs d'un bouquet de fleurs au centre, lambrequin au marli à fond caillouté.

49 — Quatre assiettes en ancienne porcelaine de l'Inde, décorées en émaux de couleurs dont deux à décor européen d'après *Lancret* : « La Servante justifiée. »

50 — Douze assiettes et soucoupes en faïences et porcelaines diverses.

51 — Bouteille coupée en porcelaine du Japon, décorée d'émaux de couleurs.

52 — Six tasses couvertes et leurs soucoupes en porcelaine mince de la Chine, décor en couleur :
oiseaux, fleurs, rochers.

53 — Tasse-couvert, deux boîtes en porcelaine de
Chine décorée en couleur.

54 — Paire de vases-rouleaux et paire de vases-
balustres en porcelaine de Chine.

55 — Paire de vases en porcelaine de Chine, décor :
oiseaux et branchages fleuris en émaux de
couleurs.

56 — Vase brûle-parfum, formé d'une chimère, en
céladon vert de Chine.

57 — Plat à barbe en ancienne porcelaine du Japon,
décor polychrome.

58 — Deux personnages assis en ancien grès émaillé
de Chine.

59 — Poussah en grès émaillé noir de Chine.

60 — Deux bouteilles en ancienne porcelaine de
Perse, décor bleu : oiseaux et fleurs.

PORCELAINES EUROPÉENNES
ANCIENNES ET MODERNES
BISCUITS

61 — Paire de sucriers, de forme ovale, à quatre lobes avec couvercles et plateaux, en ancienne porcelaine tendre de Chantilly, décorés de bouquets de fleurs en couleurs.

62 — Neuf assiettes en ancienne porcelaine pâte tendre de Chantilly, décorée de bleuets.

63 — Neuf tasses et douze soucoupes en deux modèles et un sucrier couvert, en ancienne porcelaine tendre de Chantilly décorée en bleu de fleurs et feuillages.

64 — Trois tasses ou coupes à glaces avec leurs soucoupes et deux petits pots à crème en ancienne porcelaine tendre de Chantilly, décor bleu.

65 — Deux petits pots à crème avec couvercles et anses en ancienne faïence fine de Chantilly, décorés de fleurs en dorure.

66 — Service à thé, composé d'une théière, pot à crème, sucrier couvert, deux tasses et soucoupes en ancienne porcelaine tendre de Chantilly décorée de bouquets de fleurs en couleurs.

67 — Petit moutardier, en forme de tonnelet, avec
couvercle, en ancienne porcelaine tendre de
Chantilly décorée de fleurs en couleurs.

68 — Six pots à crème à une anse et couvercle en
ancienne porcelaine pâte tendre de Mennecy,
dont deux à petites côtes en relief et à spirales.

69 — Tasse droite et sa soucoupe en ancienne porcelaine dure de Sèvres décorée sur fond jaune
de rinceaux en camaïeu rose, guirlande de
fleurs et d'une grande réserve avec corbeille de
fruits et fleurs, et de deux petites à bouquet de
fleurs. Intérieur en dorure. (Année 1779, dorure
de *Vincent* et fleurs par *Sinsson l'Ancien*.)

70 — Deux théières, deux pots à crème et une
salière en ancienne porcelaine tendre ou dure de
Sèvres décorée en blanc et filet or et en couleur.

71 — Une tasse-trembleuse avec sa soucoupe en
ancienne porcelaine tendre de Saint-Cloud ; trois
pots à crème, une tasse et soucoupe en ancienne porcelaine tendre d'Arras, décors bleus.

72 — Six couteaux et six fourchettes à entremet en
vermeil, avec manches en ancienne porcelaine
de Saxe à rocailles en relief, décorée de bouquets de fleurs en couleurs.

73 — Six couteaux et six fourchettes en vermeil,
avec manches en ancienne porcelaine de Höscht

à vannerie en relief aux extrémités, décor de
fleurs et insectes en couleurs.

74 — Groupe en ancienne porcelaine décorée : femme
et amour sur un tertre.

75 — Bustes de Louis XVI et Marie-Antoinette en
porcelaine blanche.

76 — Paire de lions en porcelaine décorée au
naturel.

77 — Soupière avec couvercle, de forme ovale, en
porcelaine de Paris décorée de bouquets de
fleurs.

78 — Paire de cache-pot en porcelaine genre Sèvres
décorée de réserves d'oiseaux sur fond bleu-
turquoise et encadrement d'or.

79 — Deux statuettes et trois pommes de cannes en
porcelaine décorée.

80 — Trois compotiers en porcelaine genre Saxe.

81 — Deux statuettes de bergers et bergères et un
léopard en porcelaine genre Saxe.

82 — Paire de vases sur piédouche à anses têtes
de béliers, guirlandes de pampres de vigne,
palmettes et godrons, en ancien biscuit de
Niderviller.

83 — Quatre petits vases en ancien biscuit.

FAIENCES

ANCIENNES ET MODERNES

84 — Paire de plats ronds et creux en ancienne faïence de Delft, décor polychrome, corbeille de fleurs et oiseaux.

85 — Vache sur une terrasse avec fillette s'apprêtant à la traire, groupe en faïence de Delft, à décor polychrome.

86 — Plat rond, à bord dentelé, en ancienne faïence de Delft, décor bleu.

87 — Grand plat en ancienne faïence de Delft, décorée en couleur, au centre d'un arbuste avec insectes, fleurs et perdrix; bordure à fond vert marbré, ornée de six réserves de forme lobée, séparée par quatre petites réserves en rouge et bleu.

88 — Bannette, à deux anses, en ancienne faïence de Rouen, décor polychrome.

89 — Compotier rond en ancienne faïence de Rouen, décoré en polychrome, dans le goût chinois, de trois jeunes femmes dont une assise sur une terrasse ; bordure de feuillages fleuris, balustrade, etc. ; au revers, branchages d'œillets en rouge et bleu.

Diam., 25 cent.

90 — Assiette en ancienne faïence de Rouen, à bord contourné, décoré en couleur, au centre d'une corbeille de fleurs, au marli de festons de fleurs, six réserves en forme de trèfles, à carrelages et feuillages réunis par des ailes de papillons.

91 — Petit compotier, de forme exagonale, à bordure dentelée, en ancienne faïence de Rouen, décorée de lambrequins en couleur.

92 — Assiette en faïence de Rouen, à décor chinois polychrome.

93 — Grand plat creux en ancienne faïence de Moustiers, décor au centre d'un branchage fleuri, et de lambrequins de feuillages au marli en couleur.

94 — Plat creux en ancienne faïence de Marseille, décor d'un bouquet de fleurs en couleur.

95 — Quinze petits pots à crème, avec couvercles à une anse, en ancienne faïence blanche de Saint-Clément, à côtes en spirales et bordures dorées.

96 — Groupe de deux figures : le Galant Jardinier, en ancienne faïence de Lunéville décorée en couleur ; base de terrain, décorée au naturel.

MINIATURES, ÉVENTAILS

BOITES, BIJOUX, DENTELLES

97 — Portrait de Napoléon, miniature ovale. Signée : Mlle *Prieur*.

98 — Sujet galant, miniature à la gouache.

99 — Éventail avec feuille en soie peinte à la gouache et pailletée; monture en ivoire, avec incrustations d'argent. Époque Louis XVI.

99 *bis* — Eventail en ivoire, avec feuille en soie peinte à la gouache, à trois médaillons : sujet pastoral et deux marines, en partie pailleté. Epoque Louis XVI.

100 — Deux miniatures : portraits d'homme en habit à revers rouge, époque Empire, et portrait d'Alfred de Musset.

101 — Trois miniatures, dont deux en gravures : portraits de Louis et d'un officier de l'Empire, et une peinte à la gouache : Offrande à l'Amour, dans un cadre de bois sculpté peint. Époque Louis XVI.

102 — Paysage avec ferme et personnages; petite peinture fixée sur verre.

103 — Siège de Dendermonde, rendu le 17 août 1745. Deux peintures fixées sur verre. Cadres en ébène et cuivre.

104 — Portraits d'enfants et jeune fille. Deux miniatures.

105 — Lot de huit pièces : gouaches, miniatures
et cadres en bois sculpté. xviiie siècle.

106 — Boîte ovale en or de couleurs finement ciselée ; couvercle à charnière. Époque Louis XVI.

107 — Trois boites rondes en écaille brune ciselée,
imitant la vannerie. xviiie siècle.

108 — Boîte ronde en écaille brune, très finement
sculptée et ajourée : paysage avec figures et
pagodes. Travail chinois ancien.

109 — Petit coffret rectangulaire en bois de fer
gravé, orné de huit plaques en nacre ornées
chacune d'une figure de femme en gravure.

110 — Coulant et breloque en or ciselé.

111 — Montre en or repoussé et ciselé, à sujet
galant. Époque Louis XV.

112 — Montre en argent repoussé et ciselé. Époque
Louis XV.

113 — Coupe de dentelle en application.

114 — Montre de dame en or émaillé, avec roses.

115 — Coupe de 2 m. 50 de dentelle de Maline
ancienne, ayant 6 centimètres de hauteur.

OBJETS DIVERS

SCULPTURES EN MARBRE ET BOIS

116 — Groupe en marbre blanc : jeune femme nue tenant un tambourin, avec deux amours auprès d'elle. Signé : *Pajou ;* socle rond en marbre bleu-tuquoise avec couronne de lauriers en bronze doré.

117 — Statuette de fillette tenant un nid d'oiseaux, en ivoire sculpté, sur socle en bois noir.

118 — Cadre Louis XIV en bois sculpté doré.

119 — Bas-relief ou fronton de meuble en bois sculpté peint, représentant le Sacrifice d'Abraham, dans un encadrement à double colonnette et cariatides de femmes, rinceaux sur les côtés.

120 — Huit chapiteaux, style corinthien, en bois sculpté. XVIIIe siècle.

121 — Deux porte-montre Louis XIII en bois sculpté à moulures.

122 — Quatre baguettes à cadre en bois sculpté doré à feuilles d'eau et perles. Époque Louis XVI.

123 — Deux montants avec chapiteaux en bois peint et doré, simulant des colonnes. Époque Louis XVI.

124 — Portique d'autel en bois sculpté peint et doré,
formé d'un couronnement style corinthien, supporté par deux colonnes. Époque **Louis XVI**.

125 — Cadre de miroir en chêne sculpté : têtes
d'anges sur des nuages. XVIIIe siècle.

126 — Porte-montre en bois sculpté et peint, formé
de rocailles, avec jeune femme et enfant.

127 — Deux têtes d'anges, feuillagées, en bois
sculpté, provenant de chapiteaux. XVIIIe siècle.

128 — Petit coffret en marqueterie de paille du
XVIIIe siècle.

129 — Cadran d'horloge en cuivre repoussé. Epoque
Louis XIV.

130 — Seau à eau bénite en cuivre repoussé, du
XVIIe siècle.

131 — Paire de chenets en fer forgé avec boulles.

132 — Petit bougeoir et deux bouquets de bout de
table à deux lumières en bronze argenté et une
applique en fer forgé. XVIIIe siècle.

133 — Douze pièces : cadres à miniatures, en
bronze et cuivre doré, broche camée, etc.

134 — Plateau argent, deux lorgnettes écaille et
argent, une agrafe ancienne argent, un cadre à
miniature argent et un porte-menu métal
argenté.

135 — Flambeau en cuivre à godrons et un calice
en étain. XVIᵉ siècle.

136 — Cinq pièces diverses : étui en cuir, médaille
en bronze, pot, médaillon et un buste en terre
cuite.

137 — Statuette d'homme tenant un bâton, ivoire
japonnais.

138 — Tête de bélier en terre cuite, du XVIIIᵉ siècle.

139 — Deux rafraichissoirs, de forme ovale, en tôle
peinte en rouge, avec pampre de vigne en
dorure. Fin du XVIIIᵉ siècle.

140 — Œuvres d'architecture de Jean le Pautre,
tome II, reliure en veau.

141 — Neuf pièces, argent et métal : tasse russe
émaillée, bracelets, pendants d'oreilles, etc.

142 — Rouleau en parchemin ancien, avec inscriptions et peintures persanes.

143 — Trois plaquettes et une médaille, dont trois
sujets religieux, et une tête de Christ, en bronze
doré et patiné. XVIIᵉ siècle.

144 — Deux médaillons en bronze patiné, dont un
représentant Bacchus avec faunes et amours,
l'autre représente la tête de E. Pasquier, par
P.-F. DAVID 1832.

145 — Un lot de quatre pièces : plaquettes, frises, cadres, médaillons en bronze, argent, cuivre et métal, anciens et modernes.

146 — Quatorze pièces : carafons, coupes, flacons en verre ou cristal gravé. xviiie siècle.

147 — Six petits verres gobelets en cristal gravé, dans un écrin en papier de forme triangulaire. xviiie siècle.

148 — Microscope avec ses accessoires, dans sa gaine.

149 — Fusil à pierre, avec crosse en bois sculpté, orné de petits bustes de personnages appliqués en argent et monture en cuivre gravé. xviiie siècle.

150 — Paire de petits pistolets avec crosses en bois sculpté et fer gravé. xviiie siècle.

151 — Pistolet avec crosse en bois, orné de cuivre ciselé et ajouré, un étrier en bronze et un poignard gallo-romain provenant de fouilles.

152 — Boucle de ceinture en bronze doré avec attributs militaires du xviiie siècle, et une plaque en fer forgé, trophée militaire du xvie siècle.

BRONZES D'ART

ET D'AMEUBLEMENT ANCIENS ET MODERNES

PENDULES, LUSTRES

153 — Petite pendule en marbre blanc orné de bronzes tels que : perles, feuillages de lauriers. et le cadran reposant sur un portique, forme demi-lune, supporté par quatre colonnettes. Époque Louis XVI.

154 — Pendule en bronze ciselé, doré, en forme de borne, ornementée de rinceaux et surmontée d'un char sur des nuages; amour conduisant des colombes. Époque Empire.

155 — Pendule, en forme de lyre, en bois noir orné de bronze doré. Époque de la Restauration.

156 — Pendule-lyre en marbre blanc orné de bronze doré, finement ciselé; le cadran signé : *Planchon. à Paris;* base de forme ovale. Style Louis XVI.

157 — Garniture de cheminée en marqueterie de cuivre et écaille, ornée de bronzes, composée d'une pendule et deux coupes.

158 — Six flambeaux et deux fragments de chenets en bronze des XVIe, XVIIe et XVIIIe siècles.

159 — Paire de flambeaux et un bout de table, à
deux lumières, en bronze argenté. Époque
Louis XV.

160 — Paire de chenets en bronze, formés de feuillages et rocailles. Époque Louis XV.

161 — Trois appliques, dont une paire en bronze,
formées de feuillages. Époque Louis XV.

162 — Paire de flambeaux en bronze. Fin du xviiie
siècle.

163 — Deux statuettes en bronze patiné, l'une for-
mant cachet, l'autre représentant une révolu-
tionnaire, avec bonnet phrygien, portant un
étendard, et une petite perruche en bronze patiné.

164 — Paire de chenets en bronze ciselé, formés
chacun de branchages fleuris : base à rocailles
sur lesquelles un enfant est assis. Époque
Louis XV.

165 — Trois garnitures de commodes en bronze,
poignées et entrées de serrures, des époques
Louis XIV, Louis XV et Louis XVI.

166 — Tête de Minerve en bronze antique, une tête
d'angelot, une de femme en bronze, du xvie siècle, et un masque tête de faune en bronze de
même époque.

167 — Onze pièces en bronze doré : porte-montre, couvercle de cassolette, terrasse, couvercles, balancier de pendule, amour et dauphin, et mascaron de tête de femme enguirlandée. XVIIIᵉ siècle.

168 — Deux plaques rectangulaires et deux médaillons ovales de Louis XVI et Marie-Antoinette, une plaquette, de forme octogonale, représentant la Vierge, l'Enfant Jésus et le Christ en bronze.

169 — Couteau avec balance en cuivre gravé du XVIIᵉ siècle et un rabot en bronze ciselé gravé. avec mascaron portant l'inscription de *Mathieu*. XVIᵉ siècle.

170 — Deux robinets. dont un grand en bronze du XVIᵉ siècle.

171 — Deux grands mascarons à têtes de femmes en bronze. Époque Louis XIV.

172 — Cinq pièces : une petite miniature ovale. portrait de jeune homme, un fixé, paysage maritime, petit émail et deux petites peintures. XVIIIᵉ siècle.

173 — Parure de vingt-deux boutons, seize grands et six petits en nacre avec incrustation de marcassite et cailloux du Rhin. XVIIIᵉ siècle.

174 — Parure de dix-sept boutons en verre de couleur, sur fond d'argent guilloché appliqué sur acier. XVIIIᵉ siècle.

175 — Cinq pièces en bronze : mascaron à mufle de lion, binet, petit marteau de porte et deux ornements. Époque Renaissance et autre.

176 — Trois amours assis en bronze patiné, du XVIIIe siècle.

177 — Trois bronzes patinés, dont deux cariatides d'hommes provenant de meubles, du XVIe siècle.

178 — Quatre double plateaux, quatre plaquettes, un écusson et un porte-cierge en cuivre et émail champlevé et un porte-cierge en bronze, trépied.

179 — Garniture de commode en bronze, époque Louis XV, comprenant douze pièces.

180 — Autre garniture de commode en bronze, deux modèles, époque Louis XV, comprenant treize pièces.

181 — Lot de neuf pièces en bronze patiné : mascarons, sabot, meuble, chutes, de diverses époques.

182 — Sept pièces en bronze doré anciens et modernes.

183 — Un socle carré en bronze ancien du Japon.

184 — Bouddha en bronze vernis.

185 — Paire de petits bustes d'hommes en bronze patiné, sur socles-fûts en marbre de Sienne et une statuette de Cléopâtre en bronze argenté.

186 — Petit buste de Voltaire en bronze patiné, sur socle en marbre blanc orné de bronze. Fin du XVIIIe siècle.

187 — Paire de petites appliques à deux lumières en bronze ciselé doré. Epoque Empire.

188 — Petit bronze patiné, de *Barye* : chien de chasse.

189 — Autre bronze patiné, de *Barye*, *édition Barbedienne* : lionne et caïman.

190 — Paire de chimères en bronze patiné chinois.

191 — Statue en bronze de la *Maison Barbedienne* : Enée enlevant Anchise.

Haut., 1 m. 7 cent.

192 — Deux petits flambeaux en bronze patiné, bases avec amours musiciens.

193 — Lustre électrique à sept lumières en bronze ciselé doré, orné de guirlandes de boules en cristal taillé. Style Louis XVI.

194 — Lustre électrique en bronze doré à treize lumières. Style Louis XV.

195 — Lanterne d'antichambre en cuivre découpé et repoussé.

MEUBLES ET SIÈGES
ANCIENS ET MODERNES

196 — Commode en marqueterie de bois de violette, ouvrant à trois rangs de tiroirs, ornée de bronzes : dessus de marbre rouge. Époque Louis XIV.

197 — Commode en marqueterie de bois à fleurs, ouvrant à trois rangs de tiroirs ; dessus de marbre. Époque Louis XV.

198 — Grande horloge normande, chêne mouluré. Époque Louis XV.

199 — Console d'appui en bois sculpté ciré ; dessus de marbre de couleur. Époque Louis XV.

200 — Lutrin en bois sculpté peint noir et doré, formé d'un aigle sur une colonne ; base à trépied ornée de têtes d'anges.

201 — Guéridon-bouillotte en acajou, à quatre pieds, cannelé ; dessus de marbre blanc veiné à galerie de cuivre ajouré. Époque Louis XVI.

202 — Petite console en acajou, ornée de baguettes de cuivre, à coins cintrés, à quatre pieds cannelés, avec tablette d'entrejambe ; dessus de marbre à galerie de cuivre ajouré. Époque Louis XVI.

203 — Lit en bois sculpté, à colonnettes cannelées et détachées, rangs de perles, etc. Époque Louis XVI.

204 — Table à quatre pieds-gaines cannelés, avec dessus formé d'un grand plateau de forme rectangulaire, à coins coupés, en étain gravé de sujet de chasse et scènes de rues dans les encadrements rocailles. XVIIIe siècle.

205 — Table-console en bois mouluré, à quatre pieds cambrés, ouvrant à deux tiroirs sur le devant. Travail hollandais, XVIIIe siècle.

206 — Petite table-console en acajou, à quatre pieds. Époque Louis XV.

207 — Coffre en bois sculpté du XVIIe siècle, dont le dessus a été transformé en toilette, avec marbre blanc et glace.

208 — Console, de style Louis XIV, en bois sculpté doré, à quatre pieds croisillons, et dessus de marbre blanc veiné.

209 — Meuble en acajou et filets de cuivre, ouvrant à deux portes supérieures avec glace, tirette et trois tiroirs; dessus de marbre blanc à galerie de cuivre ajouré. Style Louis XVI.

210 — Fauteuil en bois sculpté, canné, à quatre pieds et croisillon. Époque Régence.

211 — Fauteuil en bois sculpté ciré, garni de tapisserie au point fond blanc. Époque Louis XV.

211 *bis* — Petit guéridon-trépied en acajou; dessus de marbre, galerie de cuivre. Style Louis XVI.

212 — Fauteuil en bois sculpté peint blanc, couvert
de tapisserie au point, branchages de bleuets
sur fond blanc. Époque Louis XV.

213 — Fauteuil en bois sculpté ciré, garni de tapisserie au point, feuillages en couleur sur fond
noir. Époque Louis XV.

214 — Fauteuil en bois sculpté, canné, à quatre
pieds et croisillon. Époque Louis XV.

215 — Fauteuil, à dossier médaillon ovale, en bois
sculpté peint gris, couvert de damas rouge.
Époque Louis XV.

216 — Deux fauteuils en bois sculpté peint blanc et
doré, à enroulement de ruban, rosaces et bouquets de fleurs de l'époque Louis XVI, couverts
de soie blanche brochée de fleurs en couleurs.

217 — Écran en bois sculpté doré à rocailles et feuillages, à médaillon ovale, avec feuille en soie
rouge.

218 — Bois de bergère sculpté et ciré, de la fin du
XVIIIe siècle.

219 — Meuble de salon, composé d'un canapé, deux
fauteuils et deux chaises en bois sculpté doré,
couvert de tapisserie d'Aubusson à bouquets de
fleurs dans des médaillons bleus sur fond blanc
et contrefond vert. Style Louis XVI.

220 — Bergère en bois sculpté doré, couverte de soie
brochée. Style Louis XV.

TAPISSERIES ANCIENNES

ÉTOFFES, TAPIS

ANCIENS ET MODERNES

221 — Tapisserie ancienne de Flandres : paysage avec nymphes : bordure à rinceaux de feuillages et fleurs.

222 — Tapisserie ancienne d'Aubusson, à sujets guerriers.

> Haut., 2 m. 40 cent.; larg., 4 mètres.

223 — Grande chape en damas rouge et soie blanche, brochée et galonnée d'or. XVIIIᵉ siècle.

224 — Autre chape en soie blanche, brodée de bouquets de fleurs et soie rouge, brochée, galonnée d'or.

225 — Garniture de paravent en soie blanche, à petites rayures, brodée de bouquets de fleurs en soie de couleur. Epoque Louis XVI.

226 — Deux panneaux en toile de Jouy ancienne, dessins roses.

227 — Petit tapis en soie blanche peinte à l'aquarelle dans le goût de Pillement.

228 — Tapis de table oriental ancien en soie bleue, brodée de soies de couleurs au point de chainette et de métal.

229 — Trois dessus de coussins en satin jaune,
brodé de métal en couleurs, à sujets habitations,
personnages et animaux. Travail persan.

230 — Autre dessus de coussin en velours rouge,
brodé de métal et soie de couleurs, bordure
bleue. Travail Persan.

231 — Dessus de piano en soie brochée, fond bleu
et peluche mordorée.

232 — Tapis de Smyrne, fond rouge.

233 — Tapis de prière de Smyrne, à réserve cen-
trale, fond vert olive.

234 — Carpette d'Orient ancienne, à dessins polychromes, sur fond noir.
Long., 2 m. 25 cent.; larg., 1 m. 40 cent.

235 — Petite carpette d'Orient ancienne, à dessins
polychromes, avec trois rosaces au centre, à
fonds blancs, rouges, sur contrefond bleu, bordure fond blanc.
Long., 1 m. 70 cent.; larg., 1 m. 10 cent.

236 — Tapis ancien d'Orient à feuillages et fleurs
en couleurs sur fond noir, bordure fond blanc.
Long., 2 m. 90 cent.; larg., 1 m. 45 cent.

RED. :

20

0 1 2 3 4 5 6 7 8 9 10

BIBLIOTHEQUE
NATIONALE
DE FRANCE

****

CHATEAU
DE
SABLE

1996